柳太の川柳漫歩帖

大森 昌
OMORI Akira

文芸社

目次

川柳

菜の花がうれしい予感持ってくる

ふところに飛び込む小兵の技決まり

まやかしの愛に躍った銭の罪

句読点忘れて走るボールペン

切り札がまだ見つからぬ温暖化

義に殉じ義を棄てたるも関ヶ原

貫ける正義の槍のさびの跡

殿の振る采の悲喜劇関ヶ原

薬師様無病の風の伊吹山

故郷を偲ぶ夜空の遠花火

ガラパゴス生きた化石の持つ鱗

鱗屋根異国の風のモダニズム

ブーメラン青春狙い投げてみる

無限大希望を背負ったランドセル

無難だと選んだ柄に歳が知れ

和服着てハンドル捌きも美人風

手土産のほんの気持ちが的を射る

大輪はゆっくり咲いて遅く散り

天そばの海老厚着して歳を越し

評論家皆がなったらネタが切れ

良心の店番が居る無人店

野仏は清濁の川見つめ立つ

我儘も許容範囲の今のうち

赤ちゃんの暗号やっと若い母

週刊誌誤解が正解閉じこめる

高望み三面鏡が出す答え

特産品買わせ上手の国訛り

里帰り雄弁になる国訛り

笑わない客に泣いてる初前座

抜擢も左遷も同じ膝の猫

セットした髪にやんちゃな風小僧

出来すぎた造花にころり水をやり

寝ぼけ顔練り歯磨きで髭を剃り

面接に回転椅子がでかく見え

母の日に労わる言葉押し寄せる

衣食足りモラルの背骨細くなり

授賞式背骨もぴんと菊日和り

辻地蔵民話の里の語りべに

一輪車乗ってたあの子の化粧箱

アナログの歩幅で俺とかたつむり

指笛で愛犬走る冬木立

純な愛時には刺の刺さる日も

ハイテクでポケットに住む大辞典

ボスの座をきれいに譲る猿の知恵

百円店不景気仕入れて居りません

手帳には男名前で住所録

促成の春よ、も少し冬籠もり

幸の在庫はあるか初詣

知の大食い君を待ってる広辞苑

独り身の気楽に小骨まぎれ込み

木枯らしの窓にショパンのラプソディ

窓口の笑顔まず効く開業医

温暖化ふくらむ海の悪夢見る

解けた紐結び直して古希の坂

気楽にと言われた椅子に注射針
思う壺はまっていたのは私です

初デート脈は秒針花時計

他人の子叱る勇気のない世相

老人よ立つな疲れた俺の前

好きですとはっきり言えぬかすみ草

華やかな舞台の裏も又ドラマ
書き添えた名刺の裏が発火点

君の影追えば蜩《ひぐらし》しばし止み

省いたる手間の数だけ付けが来る

七変化移ろう雲の姫鏡

心なき人の数だけゴミの数

温情の深さを知った一周忌

一筋の光を杖に遍路笠

澄んだ粥瞳が映る終戦日

一言が奈落の底の縄梯子

お水取り済めば律儀に花粉症

木犀があてのない旅誘いだし

添え書きの一行忘れえぬ人に

国益の大看板の裏の錆び

危ないな、まだ余熱ある焼棒杭

過疎の村蛍が描く原風景

マスコミに底上げされてスター出来

情報戦まだ生きていた大本営

半分と半分が寄る夫婦箸

帰巣性まだ残っていた千鳥足

汗に濡れ涙に濡れて甲子園
モノクロを茜に染めた少年期

あの世への前売券はまだ早い

地下街の迷路をぬけて青い空

バーゲンで掴んでみれば人の腕

水鏡写した顔を魚が喰い

生き写し遺影の笑みが孫を抱き

六万年又見る火星どこで見る

海の家撤去の後に熱帯夜

ガラクタも箱に入れれば宝物

振り返る和服美人に朱の鳥居

幾度の岐路数えたか壺の骨

四字熟語珍解釈で中身ばれ

美しい余熱があって休火山

黒い土余熱で抱くこぼれ種子

戯れの恋で不覚の滑り台

静けさは後の祭りの置土産

コンビニに育児介護も頼みたい

肩書きが背中を押して立候補

故郷の原風景に俺《おら》が柿

走り込み乗った列車は別の線

暁に命を謳う声に起き

水色のカーテン引けば風みどり

絵本から子守歌えの寝顔かな

散り際を西行のごと我も又

散りぎわを先のばしする維持装置

挨拶を忘れた団地のエレベーター

ケイタイは挨拶抜きで駆けめぐり

噛み締めた奥歯の記憶終戦日

正論の主張に揺れる多数決

目移りを咎める妻の目に刺され

天才の閃き林檎の落ちるとき

肩車夜店を巡る下駄の音

美味さうな疑似餌に魚も人間も

道しるべ何処に立てるかまず迷い

名工の未完の美学素焼き皿

かぶと虫鍬形追った少年期
あの頃の夢中が生きて今の椅子

とんびの輪昔の空は何処にある

釈迦達磨あなたの境地に幾光年

大戦に散りし涙が星となり
手の内を悟られぬよう繰るカード

良心の呵責に金の麻酔薬

かけらでも星のかけらは詩になり

袋とじ歳に関係ないスリル

老人の歩幅に川は広くなり

福袋おまけに一つ欲が入り

ぽち袋愛を小さく折たたみ

ＤＮＡ謎解く鍵は孫が持ち

荷車を押しては妻の五十年

一年生荷物にならぬランドセル

雌伏して時を待ってた陣太鼓

友達もライバルになる節目時

我が顔をひねって見たいでかい夢

あのサイン気付いていたら今夫婦

ラベンダー気付けば君の夏帽子

白い息かけたガラスに夢が浮き

秋霖に小刻みの肩恋終わる

警鐘の乱打が続く温暖化

慶弔の鐘は涙で木霊する

振り向いた空似の人に汗をかき

もう少し色をつけてと買い上手

さり気ない気配り泣かす苦労人

川下り粋な櫓さばき唄に酔い

残り火を労わりながら冬支度

大停電心臓だけはと胸に手を

無位無冠度胸一番しけの海

透明な涙を染める嘘は無い

贅肉を削る粗飯とボランティア

生まれたと涙を流し死ぬときも

聞く耳も拉致されたらし大将軍

小魚も浮藻の愛で川上り

移り香に祭りの後の夢一夜

修学生ざわめきも無し二月堂

鐘一つ最後の紅葉二月堂

歳老いて涙腺ばかり若返り

骨拾い無常の響き壺の中

いつものといつもの顔がいつも言い

いつもとは違う仕草で薄化粧

ひとときがこんなに長い見合い席

新婚の暗示が解けぬ恐妻家

しんどいが笑顔が丸い孫の守

嫁の留守ほとほと手を焼く孫の守

世話をした人の形に似る若木

孫の顔良いところだけ俺に似る

風向きに媚を売らない風媒花

無人駅だまって発つ人帰る人

指切りの後にはユダの薄笑い

半島にまづ挨拶の渡り鳥
深い森おいしい風をふところに

ケアハウスあと幾度の秋を聞く

二番茶に下町の味垣間見る

ゆうすげは想いを秘めて朝に散り

通人といわれ財布の軽さかな

成功の杖に仕込んだ裏話

ひっそりと重文抱いて夏木立

反省も形だけなら猿も出来

噂にも金にも無縁古日記

四畳半抜擢人事の城となり

長寿国ゲートボールに急ぐ足

かたつむり哲学が住む丸い家
五十億心を映す月一つ

世界観すっかり変えた闘病記

低金利貯金の迷子餌にされ

諭吉像強制連行多すぎる

似顔絵の僕はいつでも上機嫌

絵心をくすぐる秋に立ちつくし

うかうかと乗った最終車庫に行き

ユーモアの輸入が足りぬ日本人

ユーモアと書いて長寿の処方箋

パックした顔振り向いて後退り

土と火で創る茶わんはピカソ風

コメントは控えて逃げるどぶ鼠

構えより味で呼び込む縄のれん

ボタン穴大きくなってもまだ未練

金ボタン七つが桜と散る悲劇

ＩＴに浸り忘れる人の肌

ピサ斜塔つらい姿勢で幾世紀

句帳には何色で詠む秋の夜

長き夜に栗、銀杏を月と酌む

リモコンの効かない距離にうちの人

まぜ御飯小さな秋の茸狩り

旬を売る鯖も私もチャンスです

目の裏に残照燃えて夏帽子

第九は聞きたし秋も惜しみつつ
サギ草が飛べば我が家も広い庭

超言葉ラ抜き言葉に超不満

手探りはあの娘の胸のキーワード

ゴミ袋プライバシーを透けて見せ

カラ梅雨と豪雨に嘆く人のエゴ

井戸端の会議に携帯加勢する

エチケット忘れ携帯忘れない

蟹さんは旨いが故のこの受難
供養塔建ててやりたい蟹の海

ロボット犬家庭ごっこのエキストラ

蓮根の輪切りに孫の目がのぞき

人体の輪切り検査で生きのびる

筏師はくの字を書いて川下り

蛍火の儘で通した青い恋

執念が四角に並ぶ切手帳

過去のシミ洗い流して再生紙
神々のロマンふつふつ国はじめ

おみくじは惑う羊に吉を出し

風邪薬下戸には辛い卵酒

制悪剤開発された夢で醒め

子が育ち小鳥の世話に明日を見る

輪が散って噂の人が現われる

幾度か命温めて痩せた膝

太極拳朝の空気をゆるく混ぜ
深層を子供の瞳ずばりあて

丸窓に十六夜を観て秋を酌む

福袋開ければ空の行革案

少年は羽ばたく出口探してる
雨脚に追われて走る二人連れ

否定する勇気持ちたい滑り台

味なことやる宰相を待ちわびる

マイカーを縫って腹ばい定期バス

効きすぎたわさびで醒める時価の寿司

芯の無い若者すぐに切れたがり

山門の風に聞いてる秋の音

脈を打つ命の賛歌新生児

しっかりと生きてひっそり一人旅

雪解けの水がノックの春の門

赴任地の水と地酒が袖を引き

マニュアルの通りにゆかぬ君と僕

マニュアルを越えて五感で勝負する

物忘れ今日はあんたの共白髪

新米ともてはやすのは米にだけ

手を握る美人ナースに不整脈

山焼きに俺の煩悩燃え残り

ぼろぼろの靴が延ばした棒グラフ

打たれる杭も出番の時を待ち

銘柄米選ぶ時代に拒食症

捕まれた尻尾は切って保身術

アルバムをセピアに開く彼岸花

遠耳が遠耳を呼ぶ電話口

大観は買えぬが悲観はいつにでも
我が呟も小さくなりて日足伸び

終章のピリオド虹の感謝状

回想の川に映りし遠花火

ウイルスがここ迄来いとあざ笑う

短歌

春日なる社にたなびく藤浪に染まるむらさき采女《うぬめ》の袖は

東雲《しののめ》の社の深きにほととぎす声聞く朝は夏ぞ来にける

末黒野《すぐろの》はのどかに鹿の遊びいて淡きみどりは日毎深みて

行く秋を虫の声絶え白露は萩の黄葉《もみじ》にこぼれては置く

山焼の終りし若草末黒野はしぐれに暮れて鹿の群行く

バスを待つ日なたの我に鳩の群集い来たりて声の愛《かな》しき

以上六首　毎日新聞「やまと歌壇」採用作

残照に

介護車に嬉々と乗り込む丸き背の妻如何に愛しく如何に哀しき

詩

オーレフラメンコ

昭和六十一年八月三十日

フラメンコ、この情熱の舞い
黒髪は南国の陽に照り映え、その手は春風に遊ぶ蝶の様に
足は駿馬の様に大地を踏みならす、裾引くドレスは真紅の孔雀
カスタネットは高らかに青春を謳う
ああ、命の華フラメンコ、神秘の舞い、輪舞する乙女達、バラの天使の様に
時には愛を交わす白鳥の様に、かき鳴らすギターに躍る鼓動
あの逞しい男たちのかけ声もよもすがら、
月も満ちるを忘れる、ああ命の炎フラメンコ
美女瞳のサファイヤが眩しい

風さんに

平成四年十月十日　日本文学館ポエム大賞　審査員特別賞

風さんこんにちは、今年もまた、夏の港から
季節のなかのダイヤ、秋をありがとう
大空をより青く染上げ、海の藍もより深く
地上の花と木には自然の詩を惜しみなく
そして人には惜別の内にも堪え忍び、決して燃え尽きることの無い
漁火の様な愛を教えてくれる、暖かく静かに揺らいで

風さん今晩は、今年も燃える夏から
人らしさに蘇る故郷、夜長をありがとう
貴方が運んでくれる虫の音は静寂と哀愁のコンチェルト
至上の夜に包まれ、織りなされる様々な愛と苦悩、あの人は今？
私には古い演歌を肴に手酌酒が秋

見上げれば遠くアンドロメダの銀が眩しかった

そして深み行く秋の木立には、金色に縁取られた葉のドレスが良く似合う
やがて貴方の奏でる晩秋の調べに乗り、セピア色のワルツを舞い始めると
野のコスモスも色褪せ、虫達のラブコールも、今は思い出したように病葉を揺するだけ
それはもう冬へのプロローグ、そしてあなたはゆっくりと秋の港を後にするのですね
想出の小箱を暖めながら

二つのクリスマス

平成五年一月

食に飽き、一滴の水、一粒の米にも手を合わす事を忘れてる大人と
物に埋まり、創る喜びを知らない或る国の子供達
ジングルベルはお店のコマーシャルと聞き流し、ケーキを食い散らし
高価なプレゼントも当然のように受け取る、それが又愛の形と錯覚している親と子
戦乱につぐ戦乱、荒れ果てた国土、それでも尚領土の奪合を止めない愚かな指導者
肉親を引き裂かれ、さまよい歩く力もない老夫婦、弾丸に恋人を奪われた若い娘
幼子は泥水でも肌を洗う事もできず、痩せ衰えた体で、一滴のミルクを、一粒の米を
待ち焦がれている……ああ一つの地球での、この二つのクリスマス
そこにはもう、キリストの影もない。

冬が来る度に

平成五年一月

ヒュー ッ、 ヒュー ッと木枯らしが木の葉を飛ばし
電線を揺する、 冬の指笛だ、 町の灯も震えている
人は思わず首をすくめ、 厚い襟巻の温もりに安堵する
冬が来る度に

パラパラと氷雨が屋根を打ち、 窓を凍らせる
又、 冬がやって来たのだ、 女はあの別れの秋を想い
暖炉の火を赤くする、 そして温もりに吐息する
冬が来る度に

チラチラと粉雪が空を駆け抜け頬を刺す
今は冬の真ん中なのだ、 男は青春を凍らせまいと

嫁ぎ行く女の背中をしのぶ、そして温もりを抱き締める
冬が来る度に

涙色の四季

春の陽のシャワーを浴び、光り輝いている花に魅せられ
じぃーっと見入っていると、胸が詰まり
いつかあなたに、寄り添っている
哀しい美しい花達の為に

夏の日、水の面に白い羽を遊ばせている鳥の群れ
じぃーっと見入っていると、切なくなり
いつしかあなたを見上げている
悲しい程無心な水鳥の為に

秋の陽に磨かれた大気のなか、舞い落ちてくるセピア色の葉
じぃーっと見入っていると、淋しさがこみ上げ

平成六年四月六日

いつしかあなたが見えなくなる
悲しい程静かな時の為に

冬の日の乾いた大地をけずる風の中　散り残った木の葉一枚
じぃーっと見入っていると、愛しさが瞳に染みて
いつしか、あなたに縋りついてしまう
悲しい程熱いドラマの為に

僕チンの宝物

平成六年七月

私の宝物それは勿論僕チンあなたね
では僕チンの宝物はなんだろな?
それは素敵な笑顔と、このちいちゃなお道具ね
でも形は小さくても、働きは一人前
だって、おむつを替えていると不意に頭をもたげ、ピューと来るんだもの
まあこの子ったらー　早くお父さんの様に大きく逞しくなって
私の僕チン

枯葉のレクイエム

平成八年十一月二日

あれは、けだるい春の朝だった
私の薄緑の柔肌を優しく揺り起こしてくれた春の雨
それでも身を起こさない私には、花の香の風で、くすぐってくれた
蜜蜂さん貴方の羽音、まだなにも知らなかった、若葉の頃の私

あれは眩しい夏の朝だった
私の艶っぽい緑の肌を、透明な情熱で拭ってくれた夏の雨
それで目覚めた私には逞しい光の矢が束となり一斉に降り注いだ
初心な戸惑いと憧れの中の青葉の頃の私

それは限りなく金色の秋の暮れだった
私の張りのある緑の肌に冷たく染み透る秋の雨

風もやがて枝に決別を告げる時の近い事を判らせるのだった
未練と忘却とを、葉脈に刻んだ紅葉の頃の私

それは北国の息吹の強い冬の夜だった
セピア色に変わった私の肌を氷雨が刺した
枝を後に名残を舞う私、地を覆う枯葉には厚い雪の壁
木木のこぼれ種子を抱き暖め、深い眠りに落ちた枯葉の頃の私

飴玉の詩

或る日職場の窓にすうーっと近付いてきた車
キュートでセクシーな顔がクローズアップ、白い手のひらに
乗っけられた飴玉、忘れもしないストロベリーとピーチだった
戸惑いのなかの甘酸っぱい味と、優しくほのかな青春の香り
私にはすでに風化しつつある若き日の想いがふと蘇る
私に一時の青春の蜃気楼を見せてくれたその人の後姿は
私だけの名画のラストシーンとして心のスクリーンから
消えることはないだろう、いついつまでも、有難うあの日

平成十年十一月八日

ペンよ

平成十年十一月十五日

ペンよペンお前とは随分長い付き合いだったな
ある時は、喜びのシュプールを描き
又ある時は落胆の淵に沈んだ事も、でもこれからのお前には
苦楽を共にしてくれるあの人が居る、そして白魚の様な指で
ギューッと握られるとお前は、あのミルクではない漆黒のインクを
止めども無く流してしまう、そして快楽の声をたて、さらさらと紙面を撫でて行く
ままならぬ世の夢を叶えるかの様に

大きな窓

平成十五年一月十日

大きな窓は明るいな、お日様さんさん暖かい、十五夜お月さまも覗いている
僕も覗いてみたいなあ、でも怖い気も　だって好きなあの娘の目の様で
見透かされたら何としょう、胸はどきどき、顔真っ赤嬉し恥ずかし初恋か
僕も十五になりました。
大きな窓は楽しいな、港も見えるし、山や川花も小鳥も皆見える
だけど見えないものもある、それはあの娘のハートだよ
窓よ窓夢でもせめて見せてよね、僕の願いを聞いてよね。

著者プロフィール

大森 昌（おおもり　あきら）

出生地：都の西北（平城宮跡）の約４キロの奈良市
出生日時：昭和８年11月28日
趣味：川柳　奈良番傘会に60歳より約10年間在籍
短歌　藤原俊成の秋こぬと目にはさやかに……の歌に触発されて、20歳頃より
詩　島崎藤村の『千曲川旅情の歌』に感じて同時期より
オーディオ（キットに依るSP作り）、読書（ノンフィクションのほか　小林一茶）、山下清の絵、音楽を聞く事(ベートーヴェン、モーツァルト、ショパン等)、映画音楽（イージーリスニング等）
嗜好品：コーヒー、アルコール類、料理（酒肴程度）、甘辛両刀使い

柳太の川柳漫歩帖

2021年８月25日　初版第１刷発行

著　者　大森 昌
発行者　瓜谷 綱延
発行所　株式会社文芸社
〒160-0022 東京都新宿区新宿1－10－1
電話 03-5369-3060（代表）
03-5369-2299（販売）

印刷所　株式会社晃陽社

ISBN978-4-286-23089-4

郵便はがき

料金受取人払郵便

新宿局承認

3971

差出有効期間
2022年7月
31日まで
(切手不要)

160-8791

141

東京都新宿区新宿1－10－1

(株)文芸社

愛読者カード係 行

ふりがな お名前		明治 大正 昭和 平成 年生 歳
ふりがな ご住所	□□□-□□□□	性別 男・女
お電話 番号	(書籍ご注文の際に必要です)	ご職業
E-mail		
ご購読雑誌(複数可)		ご購読新聞 新聞

最近読んでおもしろかった本や今後、とりあげてほしいテーマをお教えください。

ご自分の研究成果や経験、お考え等を出版してみたいというお気持ちはありますか。

ある　ない　内容・テーマ(　　　　)

現在完成した作品をお持ちですか。

ある　ない　ジャンル・原稿量(　　　　)

書　名				
お買上 書　店	都道 府県	市区 郡	書店名	書店
			ご購入日	年　月　日

本書をどこでお知りになりましたか?

1.書店店頭　2.知人にすすめられて　3.インターネット(サイト名　　)

4.DMハガキ　5.広告、記事を見て(新聞、雑誌名　　)

上の質問に関連して、ご購入の決め手となったのは?

1.タイトル　2.著者　3.内容　4.カバーデザイン　5.帯

その他ご自由にお書きください。

(　　)

本書についてのご意見、ご感想をお聞かせください。

①内容について

②カバー、タイトル、帯について

弊社Webサイトからもご意見、ご感想をお寄せいただけます。

ご協力ありがとうございました。

※お寄せいただいたご意見、ご感想は新聞広告等で匿名にて使わせていただくことがあります。

※お客様の個人情報は、小社からの連絡のみに使用します。社外に提供することは一切ありません。

■書籍のご注文は、お近くの書店または、ブックサービス(0120-29-9625)、セブンネットショッピング(http://7net.omni7.jp/)にお申し込み下さい。